歌集

ひそやかな献杯

En portant secrétemant une boison consacrée

藤原和夫

歌集　ひそやかな献杯　目次

はじめに

本書『ひそやかな献杯』は、私にとって三冊目の歌集である。第一歌集『道すがらの風景』が一昨年、そして第二歌集『季節はめぐる風車』が昨年であるから、三年つづけての刊行ということになる。収録した歌は約五百首。したがって前々作および前作とあわせて都合千五百首、よくもまあ短時日で、これだけの歌をひねり出したものと、なかば感嘆をこめて、なかば驚愕をこめて、過ぎし方をふりかえる今日このごろである。

詠めば詠むほどに「だんだんよくなる法華の太鼓」といった具合に、腕前が上がっているような気もするし、また逆に、ある種のマンネリズムに陥って袋小路に入りこみ、むしろ腕前が下がっているという不安にとらわれたりもする。総じていえば、どこかしらで量から質への転換がなされるというヘーゲルばりの弁証法的発展を信じることにして、かなりの脚力をもって敷島の道（歌の道）を駆け抜けてきたのは間違いのないところであろう。ここでひとつわが心境を詠んでみれば、さしずめ次のような歌になる。

「敷島の大和しあゆむわが心《うら》に　今またあける敷島の道」

賢明な読者におかれては、これはどこかで見たことがある歌だと思われたかもしれない。そうこれは江戸中期の国学者・本居宣長が詠んだ歌「敷島のやまと心を人問わば　朝日ににほふ山桜花」になぞらえて、とっさに私の頭に浮んだもの。宣長の歌は、日本人の純粋にして無垢な心根を、桜木に仮託して詠んだものとしてよく知られている、いわく「やまと魂」云々と。まあ彼のことはさておくとして、ここでは、先人と同じく桜木を愛でている私の創作力が、一年やそこらではいっこうに衰えなかったことを理解してもらえれば十分である。それが私をして、西へ東へと足を運ばせ（「敷島の大和しあゆむ」）、歌のさえずりを続けさせた（「今またあける敷島の道」）のであった。

＊

さて第三歌集の特徴とは何か、それについて以下三点にわたって述べていくことにする。一つ目は、前々作および前作が時間軸にそってまとめ上げたのに対して、今回は空間的広がりに着目したという点にある。前作の「まえがき」で書いているこことであるが、そこからすこし引用すれば、第一歌集『道すがらの風景』は「それまでに辿ってきた人生の道筋に沿って、そのときどきの歌を詠むことに腐心した」、いわば六十年余にわたる時間スケールで詠みこんだものであったし、第二歌集『季節はめぐる風車』は、同じく時間軸に依拠しているといっても、その「時間の枠をわずか一年間に限定し、そこでの生活空間に散らばる歌を集め、春夏秋冬という四つの季節それぞれにおける旅先での感慨にまつわる歌」を並べたものであった。

それに対して本書『ひそやかな献杯』は、空間的広がりにおける歌の世界の構築をねらったものである。もっぱら東西南北という方位に着目して、そのそれぞれにふさわしい歌群を配置しようというわけであって、早い話が、私がこれまでに出向いた列島各地における旅の思い出を短歌という形でもって配列したものにほかならない。東西南北といえば、読者子におかれては、どのような形象をもたれるだろうか。これはかなり漠然とした地理的概念であって、どこにその中心点をおくかによって、いかようにでも変化する。例えば「東」という言葉から、ある人は関東とか極東といった語句を連想するかもしれない。前者は「箱根の関」

を境とする〝東の地方〟という意味であるし（中世においては「逢坂《おおさか》の関」が境であったという）、後者はヨーロッパから見たときの〝東の外れ〟という意味である。ともあれ方位というものは、本来的にゆらぎを含んだ言葉であって、各人に対してさまざまな形象をもつことを許すとしたものであろう。

東西南北という言葉から、私などには何とはなしに古代中国の天文思想が思い出された。これは「四神相応」とよばれる考え方であって、東に水流があり（青竜《せいりゅう》）、西に街道が開けており（白虎《びゃっこ》）、南に窪地があり（朱雀《すざく》）、北に丘陵がある（玄武《げんぶ》）、そうした場所が、天子の居城として最良の地勢を有しているとされる。このような空間の配置法にもとづいて七九四年、当時の日本の首都・平安京が造営されたのはよく知られた事実であろう。

東西南北の四部構成からなる歌集を編もうとしたとき、私はこれにあやかって、その章立てを「青竜の巻」「白虎の巻」「朱雀の巻」「玄武の巻」にしようと考えた。色彩と動物の組み合わせ、すなわち青い竜、白い虎、赤い雀、黒い亀……うむ、なかなか詩的な味わいのある言葉である。しかしどうなんだろう、小さな歌集にとっては、いささか重たいし衒《てら》いが強すぎるような気もする。もっとストレートに東西南北を示す文字を使ったほうが、わかりやすいのではないか。そうこうしているうちに思いついたのが、東天、西嶺、南溟、北辰という単語であって、これが本書における各章の見出しとなった。

したがって本来であれば「東天《とうてん》の巻」「西嶺《せいれい》の巻」「南溟《なんめい》の巻」「北辰《ほくしん》の巻」となるところ、実際には北南西東という具合に逆の順序になっている。なぜなのか、それは、ふるさとである東北地方（＝「北」）に対する私の思い入れが強いからであり、さらには今回の歌集では「北」にありし人々への追悼の思いを――これはすぐ後の項目で述べるが――より前面に打ち出したかったからである。

「わが父は秋田の出にしてわが母は　白露こおる石狩の出なり」
「海峡を飛びゆく雁《かり》が音《ね》なぜ悲し　わが身に流るる北方の血」

折々にふと「北」を思うとき、私のなかには懐かしさとともに、そこはかとない疼きにも似た感情が湧きだしてくる。この二つの歌は、紙面の関係で今回の本には載せなかったけれども、ここに盛り込まれた情念に忖度《そんたく》あれと言いたくもあり、そのような次第で「北」を先頭に置くことにした。さて話は、空間的広がりをもった歌の世界ということであったから、そこに戻らなければならない。各章の冒頭ないしそれに近い部分に掲げている歌を、以下に示す。

「朝ぼらけ北上山地の薄みどり　故郷《ふるさと》に向かう道のはるけき」（北）
「眼下には青きわだつみ日向灘《ひゅうがなだ》　ほどなく降りぬ鹿児島の地に」（南）
「日ざかりに大阪駅に降り立てば　浪速《なにわ》の風情しるけく漂ふ」（西）
「うす紅《べに》の花しがらみの蛇崩《じゃくずれ》の　暗渠の道ゆく陽のさす方へ」（東）

*

次に、本書の特徴の二つ目に移ろう。今回の歌集は、前作および前々作に比べて、詠者たる私みずからの感情を表出する度合いがいちだんと高まったといえるかもしれない。旅の歌が、もっぱら叙景的な性格をもっているとすれば、日常生活のあれこれを詠んだいわゆる生活詠は、叙情的な性格が強いといえよう。もちろんこれまでの著作においても、旅の歌のほかに、例えば「同窓会」や「家族点景」などといった日常生活を点描した歌も少なからずあった。しかし今回は、私の胸底にふかく沈殿している感情が、これまでよりもいちだんと強く押し出されており、①親しい人との死別、②消すに消せない青春の蹉跌、③酒精の力をかりた陶酔、こういった深層心理の隠り沼《こもりぬ》から吹き出すような心の動きが随所に顔をのぞかせている。

母みまかりて九年、いつかは行こうと思っていた青森県下北半島の霊場恐山《おそれざん》への旅が、今夏ようやく実現した。べつに巫女《ふじょ》イタコさんに口寄せしてもらったわけではないが、何かちりちりするような霊魂の交感の感覚を味わった。ひらたくいうと、心の澱《おり》が消え去ったような気がしたのである（「霊場恐山」）。

「『人はみな死ねばお山に行く』といふ　母に会いたし恐山菩提寺」
「かしこみて賽《さい》の河原でわれもまた　亡き母のため石積みをなせり」

また昨年十月、高校時代以来ごく親しくしていた旧友の一人が亡くなった。地方在住とはいえ、俳句の世界ではそれなりの名をなした人物、弔問に際して詠んだ歌は次のとおり（「郵便箱」）。

「今はただ瞑目すべしと思い入る　友逝《ゆ》けりとの報に接して」
「なき友の思い出にひたる雨の午後　ともしの線香しずかに揺れる」

このように本書には追悼的性格が色濃く付与されている。そしてまた、消すに消せない青春の蹉跌といったものが、本書の端々《はしばし》に吐露されてもいよう。ひと昔まえ、いやふた昔まえの話、そう一九七〇年代の前半「若いという字は苦しい字に似てるわ……」という歌詞の歌謡曲がはやっていた。たしかに「若」と「苦」は字として似ており、もの悲しいメロディともあいまって「若いときは苦しい」という呪文めいたフレーズには、胸にぐっと突き刺さるような訴求力があった。

まさに時代は政治の季節、そこここに、少なくとも私の周辺においては、混沌や無秩序が渦まいていた。ちょっと大げさにいえば「青春は恋と革命に生きてこそ　七十年安保の通奏低音」(「再生譚」) だったわけである。しかしよくよく考えられよ、そんなカオスやアナーキーがいつまでも続く道理とてなく、それは時代の裂け目に一瞬だけ許された社会的な「躁」ともいうべき状態だったのである。そのころの屈折しかけた心情を詠んだ歌が、本書にはかなり含まれている。苦々しくとも甘くせつないような気分、以下に二首ほど掲げておく。

「飛ぶに飛べない阿呆鳥《あほうどり》泣きの涙の　忘れ貝ああ日は沈めり」

「そのかみのわが身を船に譬《たと》えれば　闇夜に光もとめる難破船」

当時の過熱ぎみの政治的社会的状況にさらなる熱気を吹き込んだ思想家の一人が吉本隆明だった。彼は舌鋒するどく社会批判を展開したが、その根底には既成秩序に対して疑問を投げかけるという、字義どおりの過激主義《ラディカリズム》が横たわっていた。実はこの人は、長きにわたって言葉について思索をかさねた詩人でもあったのだ。言語の有する意味とその作用の関係についても、彼は徹底して根源的《ラディカル》な問いかけを続けた。そうした言葉についての思索が一九八二年『言語にとって美とはなにか』(定本、角川書店)という浩瀚《こうかん》な書物となって結実した。彼はこの本でどういうことを言っているのだろうか、そのポイントは「文学の作品や、そのほかの言葉で表現された文章や音声による語りは、一口にいえば、指示表出と自己表出で織り出された織物だと言っていい」ということに尽きる。

もう少し彼の文章を続けてみよう。「たとえば『花』とか『物』『風景』とかという言葉を使うとき、これらの言葉は指示表出のヨコ糸が多く、自己表出のタテ糸は少ない織物だ。……(それに対して『ああ』というような感嘆詞は)指示性はきわめて微弱で……他人に伝えようとしたり、伝わることを願ったりすることは二の次で、自己が自己にもたらしたことが一番強いことになる」と。

この指示表出と自己表出という二つのキーワードを使って、彼は文章表現のさまざまな形を説明する。そのすべてをここで紹介することはとてもできないし、またその場であるとも思われないが、要するに、感情表現をより多く盛り込んだ言葉を「自己表出性が高い」と定義している。この定義をやや敷衍《ふえん》する形で私自身のケースに適用してみると、今回の歌集において私の紡ぎ出した歌には、叙景的な指示表出もさることながら、みずからの感情を伝えようとする自己表出の傾向が強く出ているといえる。

生活詠の表れの三つ目として、酒精の力をかりた陶酔についても述べておこう。本書を一読して、ずばり酒の歌が多いなあと思われた人もいるかもしれない。いや、かなりの高い確率でもってそう思うはずである。歌集の悼尾《とうび》をかざる「酒杯献」の項には、それにまつわる歌が十二首も入っているし、またそれ以外でもあちこちに酒の歌が散りばめられている。気のせいか、どこからともなく聞こえてくる驚きと戒めの声「あんたは相当な酒飲みだね」「くれぐれも体を壊さないように注意したまえ」と。どうも私は、嬉しいといっては朗らかに、悲しいといっては控えめに、また楽しいときには賑やかに、腹たつときには緩やかに、そのときどき酒杯に手をのばしてきたようだ。振り返るといつもそこにあった酒杯たち、六十路も半ば過ぎ、これからは〝ひそやかなるべし〟と思うこときり、本書のタイトル『ひそやかな献杯』はここに由来している。私の詠んだ酒ほぎの歌をいくつか以下に掲げておく。

「小夜《さよ》ふけてひとり書斎で本を読む　今日のお伴はラム酒なるべし」

「からからの大地に水が入るごとく　ひた滲み入りし胃壁のざわめき」
「またひとつ干しては満てる思い草　焼酎の宵《よい》に心よげなり」

＊

さて、本書の三つ目の特徴である。旅の歌にしろ、生活の歌にしろ、いつもいつも同じような歌づくりをしていては、やがて手垢のついた同工異曲におちいるのは必定。そうした〝淀んだ空気〟の弊をさけるには、新しい感興を掘り起こし、倦みかけた心に〝新鮮な空気〟を吹き込んでやらなければならない。別の言い方をすれば、ときに歌づくりへの新しい試みに挑むことが必要となる。それをこそ詠歌の新試行というべきであろう。その際には、いくつかの方法が考えられる。例えば、思い切って通常とは異なった要素（例えば日本語以外の語彙）を投入してみる、あるいは詠歌にはどのような類型があるのか過去に立ち戻って検討してみる。こうした試みによって、歌づくりの新しい地平が切り開かれていくことは十分に考えられる。

大胆なアナロジーを用いるなら、二十世紀の演劇の世界において大きな変革をもたらした〝異化効果（Verfremdung）〟に通ずるような手法を用いてみるということである。これはドイツの劇作家ベルトルト・ブレヒトが提唱した考え方であって、端的にいうと、見慣れたものを見慣れないものに変容させ、事の本質を明らかにするといった手法をさす。まあ私のつくる短歌の場合でいうなら、一種の言葉あそびのごときものと考えられなくもないが、案外これは刺激にみちていて楽しい作業でもある。そこで私は、ためしに日本語と同音の英字アルファベットAからZまでを投げて入れて、それぞれ二十六首の歌を詠んでみた。そのいくつかを以下に示す（「歌姫讃」）。

「水無月《みなづき》にさと花ひらく薔薇《ばら》のごと　A（英）気あふれる佳人の歌声」
「P（ピー）ナツを頬張りながら冬の夜に　ひそかに聴きし女の恋歌」
「ひところは胸あつくせし君が歌　Q（急）にまろびて耳になじまず」

そしてまた、これまでに蓄積された短歌の諸類型について整理検討した上で、その類型ごとに実際に多くの歌をつくってみた。例えば折句《おりく》である。これについては、かの平安時代の名門貴族にして歌人の在原業平が編んだとされる『伊勢物語』に出てくる有名な歌がある（第九段）。

「からころも着つつなれにし妻しあれば　はるばる来ぬる旅をしぞ思ふ」

この歌は第一句「からころも」、第二句「着つつなれにし」、第三句「妻しあれば」、第四句「はるばる来ぬる」、第五句「旅をしぞ思ふ」から成るが、その各句の先頭の文字をつなぎ合わせると「か」「き」「つ」「ば」「た」というきれいな花を咲かせる植物を表す言葉になる。このアヤメ科の花にことよせて、都に残してきた妻をしみじみ思うという内容の歌である。彼は「身になじむ衣のように、ずっといっしょに暮らしてきた妻、その妻を都に置いて、なんと遠くまできた旅であることよ」と歌った。これに倣って、ひとつ私も折句をつくってみようと試みたのが次の歌である。

「やわらかなましろの光にぼんやりと　うかぶ木立ちは信濃《しなの》が原の」

各句の先頭の文字をつなぎ合わせると「や」「ま」「ぼ」「う」「し」というミズキ科の白い花を咲かせる植物となる。事のついでにもうひとつ、ちょっと茶目っ気を出して、みずからの名前をはめ込んで詠んだ歌。

「ふくよかな地酒に酔えばわが輩は　楽土《らくど》さながら幸せのまじろぎ」

各句の先頭の文字をつなぎ合わせると「ふ」「じ」「わ」「ら」「し」という苗字となる。まあ折句はそのぐらいにして、それ以外に歌づくりの類型にはどのようなものがあるか、ざっとここに列挙してみよう。序詞、掛詞《かけことば》、押韻、同音語、沓《くつ》冠《かむり》、回文、隠れ文字、対句、比喩、伏字、語呂合わせなどがあるが——厳密にいえばもっと多くの類型があろう——、そのいちいちについて大胆な試みとして、私なりにいくつかの歌を詠んでみた。そのうち、ここでは序詞、回文、語呂合わせ、外国語訳の四例を以下に示す（『短歌考』）。

「来ぬ君を駅でひたすらまつ原の　チンチン電車にせまる夕影」
（序詞——「まつ」と「電車」）

「霧《きり》あさく裏庭《うらわ》の松《まつ》の根《ね》のもとに　共《とも》の寝《ね》の妻《つま》の笑《わら》う草《くさ》ありき」
（回文——上下いずれから読んでも同じ）

「556《こころ》なき92《くに》は459《じごく》と人の言う23《ふみ》を読みても630《むさん》となりて」
（語呂合わせ——数字の代置）

「移ろいを嘆きはすまじ明け暮れに　心のうちに故郷はあり」

（自作歌の仏訳の試み）

〔Ne déplorer pas
Le changement de ma ville natale
Sur tous les points----
Elle restera inchangée
Au fond du coeur.〕

*

以上、三点にわたって、本書『ひそやかな献杯』の特徴を述べてきた。旅の歌も詠んだし、生活の歌も詠んだし、さらには新しい試みの歌も詠んだ。とりわけ後者の新しい試みについては、自分として短歌の新しい道に踏み込んだような気持ちでいるが、実はまだまだ取り組んでいかなければならない大きな山が、眼前に控えている。深く自覚せよ、この山こそ前衛短歌とよばれる領域である。芸術の世界ではどのようなジャンルであれ、たえず古い形式を打ち壊して、それに代わる形式を創り出そうとする動きがやむことはない。

戦後まもなく昭和二十年代の終わりころから、短歌の世界で起こった新しい動き、それは一括して前衛短歌とよばれている。あたかもジャズ音楽の世界で、古めかしくなったスウィング・ジャズに取って代わってビーバップが登場してきたかのように。そうした前衛短歌のなかには、鋭角的で挑発的でときに官能的な言葉を駆使した、描写としてすぐれた作品がたくさんある。ここで私は、具体的にその作者名や個々の秀歌にはふれないことにするが、この領域にいくばくか入り込んでみてもいいかなという気持ちになっている。これは今後の課題ということであろう。「前衛のそれらしくありし時も去り　後衛いつしか前衛となりて」という状況もないわけではないと思いつつ、今の今はとりあえず、第三歌集（「羇《き》旅《りょ》編・三部作」の最後の作品）の完結にまで漕ぎつけたということで、ほのあたたかい寛ぎを感じている。今夜は、ひそやかな祝杯！

藤原和夫

（イラスト・徳永勝哉）

北辰の巻

〔霊場恐山〕

みまかりて九度の春秋すぎにけり
　今こそ慰霊の旅にぞ行かむ

「人はみな死ねばお山に行く」といふ
　母に会いたし恐山《おそれざん》菩提寺

午前九時八戸発の青い森
　鉄道そこばく夢列車に似て

どこまでも直線の続く下北《しもきた》の
半島はしる潮見《しおみ》の鉄路

松林すぎゆく駅を六《む》つまでも
数えたところでむつ市に着けり

酔いざめの町ものうげに沈みたり
バスターミナルのねむたげな時間

檜《ひ》葉《ば》林《りん》のうっそうたる道この先に
大湖《おおうみ》あるとはつゆも思えず

伝えきく南部檜木《ひのき》は城郭の
　太梁として珍重されたりと

藩政をかく富ましたる辺境の
　原生林こそ宝の山なれ

あまりにも美し宇曽利《うそり》の翠緑《エメラルド》の
　湖上にいこえる鵜《う》の鳥ふたつ

釜臥《かまふせ》と大尽《おおづくし》の山みずに映え
　なるほど異境やすらけくあり

擬《ぎ》せられし三途の川こそ正津《しょうつ》川
　ひしと気を張り太鼓橋わたる

書によれば此岸に座《い》ます渡し守
　来世《らいせ》への旅《ライゼ》つかさどるとか

たちのぼる硫黄の匂いにあらためて
　火の山と知る参拝の道

無《む》間《げん》地《じ》獄《ごく》おどろおどろに過ぎゆけば
　右に左に小石の塔あり

ライゼ（Reise）／ドイツ語で旅の意

ああこれは賽《さい》の河原の石積みぞ
回向《えこう》はたれゆえ小さき須弥山《しゅみせん》

かしこみて賽の河原でわれもまた
亡き母のため石積みをなせり

おっかさん Kazuo はここに来ましたよ
気がついたら何か言ってください

つぶやけど礫石《れきせき》いらへるわけもなく
地蔵の峰より風吹くばかり

「死出の山路のすそ野なる　賽の河原の物語
十にも足らぬ幼な児が……
河原の石をとり集め　これにて回向の塔
をつむ　一重つんでは父のため　二重つ
んでは母のため……」
(恐山地蔵和讃)

おちこちの岩間にささる八つ羽根の
真紅《しんく》の風車くるくる回る

しずまれる極楽浜《ごくらくはま》の水べりを
青める蜻蛉《せいれい》かそけく飛べり

憂いもて俗世さまよふ我もまた
ふららの姿かげろうに似て

白砂のみぎわに止まる糸蜻蛉《いととんぼ》
御霊《たま》のつかわす使者にあるかも

＊

大間崎《おおまざき》の展望台にいま立てり
ゆたけき海原ぼうぼう広がる

うらさびし最果《さいは》ての旅情つのれども
富民の暮らし営々としてあり

みごとなる甍《いらか》ならべる棟さして
まぐろ御殿と人は言ふらし

海峡をいさんで泳ぐ鮪《しび》のむれ
漁夫《さつお》は励む一本釣りに

取れるものなら取ってみろ黒光る
　鮪《まぐろ》の独白きこえるような

金波《きんぱ》銀波《ぎんぱ》の豊饒の海に真魚《まな》むれる
　それにつけても海月《くらげ》の多さよ

波間より仏ケ浦《ほとけがうら》の奇岩みゆ
　神のみわざの造形なるかな

細おもて人面《じんめん》に似たる岩ありて
　母のかんばせ彷彿《ほうふつ》とせしむ

盛岡の介護病院にて

*

日もすがらベッドに躰《からだ》よこたえて
九十七の父なにを思はむ

点滴で長らえるいのち夢うつつ
息もかそけき凹《へこ》みし口で

四肢《しし》ほそく侏儒《しゅじゅ》のごとくになりにけり
迷い道のわれ叱咤《しった》せし父が

ひわ雀なき声きこゆ窓外に
かくも命はあふれしものを

戦争のさがなき混沌くぐりぬけ
卒寿《そつじゅ》に語るは苦き思い出

あの日あのとき炊煙《すいえん》の樺太《からふと》に
だしぬけに押し寄せしソ連軍

終戦直前の昭和二十年八月九日

家焼かれ資産なくした民あわれ
留置《とめおき》の二年帰還かなわじ

ソ連兵の指図をうけて家二棟
にわか大工《だいく》で建てしことありと

引揚げ前の樺太の中心都市豊原
（現ユジノサハリンスク）にて

囲碁すきで棋院の段位うくるとも
あまりの強きに碁友すくなし

猟友会に許可を出《い》だせし父にして
しばしの手みやげ雉《きじ》と山鳥《やまどり》

雲たかく元気なうちに遺言《ゆいごん》と
たくわえの財みたりの嫡子《ちゃくし》へ

枕辺のこの父こそが今のわれ
常民《たみ》たらしめたる深謝たてまつる

農林事務所の主任時代

〔北帰行〕

多摩川に桜の筏《いかだ》うかぶころ
みちのくの野は辛夷《こぶし》で白みつ

朝ぼらけ北上山地の薄みどり
故郷《ふるさと》に向かう道のはるけき

バスは行く宮古街道うねうねと
峨々《がが》たる山なみ楚々《そそ》たる川すじ

区界《くざかい》の峠すぎれば目の前に
姿よろしき巨峰あらわる

見るたびに神々《こうごう》しさにひとつ言《ご》つ
早池峰山《はやちねさん》はありがたきかなと

中学の校歌にも出づ霊峰よ
頂きに咲く薄雪草《エーデルワイス》ゆかし

壮大な地殻変動のうつろひを
こんこんと語る竹馬の友よ

「西空はるか　早池峰は　聖《ひじり》のごとく
無言にて……」（宮古一中の校歌）

蛇紋岩《じゃもんがん》の古層から成るこの山は
ふしぎな魅力まといし岳《たけ》ぞな

苔むした普請供養《ふしんくよう》の石塔を
見やりてしみじみ古《いにし》へを思ふ

かの人の開削《かいさく》の尽力なかりせば
心よき国道の旅今なかるべし

終着のバス停広場の昼さがり
様がわりするもどこか懐かし

江戸中期の鞭牛和尚《べんぎゅうおしょう》（1710-1782）

思い出がそこはかとなく蘇《よみがえ》る
冷凍保存のカプセルの中から

あのあたり友人の家このあたり
食料品の店ありし日の町

商店街いき交う人のざわめきが
追憶の耳にたまゆら聞こゆ

歩けども少年の足には余りある
真広《まひろ》の世界に見えしふるさと

今にしてつくづく思う騒《ぞよ》めきし
　産土《うぶすな》かくも狭《せ》くありしかと

橋の上《え》を群れとぶ鴎《かもめ》のさわがしき
　置き去りの死魚《うお》餌《え》ばまんとして

閉伊川河口の宮古橋にて

ぴいひょろろ鳴く鳶《とび》の声なつかしき
　変わらざるものなお此処《ここ》にあり

世はうつり知音《ちいん》すくなきふるさとの
　昔を語らむ鳶を相手に

三・一一震災復興

復興のつち音たかく砂塵《ほこり》まう
　仮設の道はでこぼこ左右に

道を交《か》う工事車両に目をやれば
　他県ナンバーいかにか多ける

うすれゆく震災の記憶たどりつつ
　新居のあるじ来《こ》し方を語る

*

歩け歩け二つながらのわが足で
　自動車《モータリゼーション》の旅は見落とし《ノータリゼーション》の旅

牡蠣《かき》いかだ湾内にならび海あおし
　水門《みなと》に津波いくたび来るも

陸中海岸の山田湾にて

島影の浜に埋《うず》めし思い出を
　掘りかえす術《すべ》あるべくもなし

わが旅はいま吉里吉里《きりきり》の郷に差しかかる
　なんとも素敵な名であるぞかし

書で読みし吉里吉里国のあれこれを
　目しばたかせて思い浮かべる

井上ひさし『吉里吉里人』（ただし小説中では、この国は岩手県の内陸部胆沢《いさわ》地方にあるとされる）

イタリアの前衛画家G・キリコ

夢さそう島廻《しまみ》のさざ波みるにつけ
キリコの絵のごと幻想きりなし

目《ま》のあたり断崖のごとくそびえ立つ
ここ釜石《かまいし》の製鉄工場

この町は黒鉄《くろがね》とともに歩みきと
しみじみ思う駅前広場で

戦時には砲弾あびる雨あられ
鄙《ひな》にあるとも鉄の町ゆえ

太黒き「たたら」の煙ほこらしく
明るい未来に信《しん》置きしあの頃

投ずればたちまち鉱石燃えさかり
火花とびかうありし日の釜

見つけたりきらきら光る黄銅鉱《おうどうこう》
線路の下に散り敷かれるを

高炉《ろ》がとまり賑わい失せて幾星霜《いくせいそう》
さはれ川べりに人は生きけり

昭和四十年代の最盛期

三陸の負けじ魂なお健《けん》なるぞ
人口《ひと》は減るともラグビー隆たり

鉄は撤《てつ》し魚は栄《さか》な釜石は
さても水産都市にぞありける

鮑《あわび》かいイクラなんでも雲丹《うに》までも
ああ海の幸に満てる御土産《おみやげ》

震災を知らぬとばかりに山桜
釜石薬師の春の陽に咲く

特産の名品「海宝漬」

本堂のかたわらに五連《ごれん》たちならぶ
　赤鳥居朽《く》ちて哀れみ覚ゆ

ふるごとを問わず語りの赤鳥居
　朽ちゆくものこそ愛《いと》しかりけれ

たまくしげ箱庭のごとき高台に
　見るもおぞまし鉄さびの砲弾《たま》

おりおりの飛花落陽《ひからくよう》は世の常と
　思えど嘆息しばしえ止《や》まず

〔郵便箱〕

今はただ瞑目すべしと思い入る
友逝《ゆ》けりとの報に接して

秋の日の鶏頭《けいとう》の花のその赤は
人身《ひとみ》ながるる血を思わしむ

思い出す友のひとこと血を忌《い》むと
医者にはなれぬと言ひし秋の日

君しのぶ縁《よすが》とならむ鶏頭の
花咲くころに眼を閉じてけり

なき友の思い出にひたる雨の午後
ともしの線香しずかに揺れる

盛岡での弔問

苦学生ともに励みしアルバイト
玻璃《はり》みがかざれば玉は得られじ

ビルのガラス拭きの仕事

しどけなく流れ去りしは青春の
遊撃士《パルチザン》もどきのたえだえの時間

いたずらに革命ごっこに身をゆだね
かいなく過ぐる悔《く》ゆることなしや

さばかりの遊戯《ゆげ》にさばかりの快楽《けらく》を得《う》
あんたもおれも呆気《うつけ》に似たり

やめろやめ才あるなしの口喧嘩
四十《しじゅう》歳をすぎてそこまで言うか

喉もとに刺さりし棘《とげ》を抜かんとて
霊前にともす一筋の線香

東京都渋谷区

君といた氷川《ひかわ》神社の夏木立
藪蚊《やぶか》さけつつ語らう楽しも

室内の棚には書物そのままに
あたかも故人そに座すごとし

ほそ面《おもて》の遺影に向かいてひとりごつ
さあ起きてくれ一杯やろうよ

あざなえる縄にも似たる禍福《かふく》かな
君さりて知る世の常ならざるを

その手より落ちこぼれたる邯鄲《かんたん》の
　夢をあつめて俳句の世界へ

おまえさん絶佳なる句そのままに
　安らぎを得て涅槃《ねはん》に入るか

今宵さて「男山《おとこやま》」なる清き酒
　口にふくみて魂鎮《たましず》めとせむか

＊

今日もまた昨日のように過ぎにけり
　目新しきことあれなと思いつつ

日かげりのポストのぞけば久々に
友からの手紙《ふみ》そにあるを知る

便りがないのはよい便りと言ふめれど
やはり寂しき音沙汰《おとさた》なくば

わが歌集《ほん》の五百首のなかの自信作《ベストワン》
ずばり言い当てし友のうれしき

うれしさをはや伝えんと遠き空の
親しき人へ返書したたむ

またある日天狗《てんぐ》の投文《なげふみ》わがもとに
　届きてひどく心乱されぬ

為《ため》にする冷え冷えとした評言に
　びっくり三分《さんぶ》がっかり七分

あれこれと力不足はあるにせよ
　身も蓋もなき批判《いさめ》に飯《めし》まずし

椋鳥《むくどり》がいくとせ巧みて歌うとも
　どうにも金糸雀《カナリア》にはなれまいて

時として肌に粟《あわ》するわれにある
才うすき思い湧き出づる日に

わが歌に共感しめす知己《ちき》からの
便りに背中おさるる心地す

時として星や菫《すみれ》に材をえて
二つ三つの歌詠まんとぞ思ふ

くり返し誦《ず》しては胸の高なりを
覚えし歌人の歌にならいて

雑誌『明星』に結集した歌人グループを星菫派《せいきんは》
と称す

過ぎし日に皺《しわ》ばむほどに読みふけた
　慕わしの詠人《ひと》こそ藤村にあるめれ

冴《さ》えざえし科学畑の旧友に
　一読すすめし再会のとき

フジムラの詩はよきかなと言ひし友
　馬鹿だなそれはトウソンと読むんだよ

ローソンじゃないよトウソンだよさても
　与太郎なんじ才太郎にあらじ

のびやかな七五調のひびきわが耳に
　いとこころよし和語の馥郁《ふくいく》

小夜ふけてひとり書斎で本を読む
　今日のお伴はラム酒なるべし

＊

窓をうつ嵐の夜半にまたしても
　枕べ濡《ぬ》らす夢から覚めぬ

青春は危うきものと知りながら
　その危うきをもてあそぶ罪か

「風かぐわしく吹く日より　夏の緑のまさるまで　梢のかたに葉がくれて　人にしられぬ梅ひとつ」（島崎藤村「夏草」より）

鳥ならぬ夢に翼などなきものを
　なぜに今ごろ天《あま》がけて来しや

オリーブの繁る瀬戸内小豆島《しょうどしま》へ
　旅に行かむとその人は言へり

初めての四国をおとなう好機かも
　紛争休講の大学にありて

しらなみの明石《あかし》の海の船ゆれに
　真蛸《まだこ》もかくや揉まれに揉まれ

二十歳《はたち》そこそこ若い身空《みそら》のふたり旅
　黒の舟歌うたうがごとくに
うららと寒霞渓《かんかけい》よりうち望む
　吸い込まれそうな八十島《やそしま》の景
深なさけ浜辺の語らい肩よせて
　睦《むつみ》しままに夕さりて……
ケ、ケ、ケの字の約束は何の意ぞ
　若造《わかぞう》のオレに荷が重すぎる

「男の女の間には　深くて暗い川がある
誰もわたれぬ川なれど　エンヤコラ
今夜も船を出す……」（牧吉利人・作詩）

おんな二十二ここぞとなれば身は熟れて
嫁期《かき》考えるものであるらし

飛ぶに飛べない阿呆鳥《あほうどり》泣きの涙の
忘れ貝ああ日は沈めり

流れゆく機器の故障か燃料《たね》ぎれか
あてどない青春不時着《ふじちゃく》に似たり

さらぬだに産生《うぶ》なわが身を見返せば
新墾《にいはり》の道いと霧ふかし

南溟の巻

〔神話賦〕

双発のエンジン全開飛び立てば
　正弦波《サインカーブ》のごと大地かたぶきぬ

雲間《くもま》より海岸線を見やりては
　思わずつぶやく地図そっくりと

眼下には青きわだつみ日向灘《ひゅうがなだ》
　ほどなく降りぬ鹿児島の地に

霧島《きりしま》の山なみ右手《めて》に見えきたり
　天孫降臨の地にあるぞかし

高千穂《たかちほ》の峰《ね》に降り立てる天孫の
　瓊々杵尊《ににぎのみこと》の心地もかくや

濃みどりに拝殿の朱色《しゅ》てり映えて
　おごそかに建てる霧島神宮

君が世の千代をことほぐさざれ石
　木洩れ日をうけ鳥居の辺《へ》にあり

「天神の御子《あまつかみみこ》は、まさに筑紫の日向の
　高千穂の　くじふる峯《たけ》に到りますべし」
（日本書紀巻二）

祭神は天津彦彦火瓊々杵尊《ににぎのみこと》

鳥居の辺神々しくあれ境内で
嚔《くしゃみ》をひとつ許してたもれ

九州はまこと火の国と言うべしや
湯煙もうもう山すそに立てり

鉱泉の宿でくつろぐ月あかり
そこはかとなく神《かむ》さび差し入る

ごまだらの髪切虫の骸《むくろ》ありて
さながら天祖の従者《とも》にも思ほゆ

できるならかの珍蝶も見まほしや
金属光沢《メタリックグリーン》にかがやく蜆蝶《しじみ》を

希少種キリシマミドリシジミ

たか光る日向の地こそ幸《さき》くあれ
国おしひらく神話に満てれば

金柑《きんかん》がこぼれるほどに実る道
わが膚《ふ》も橙色《だいだい》に染まるがごとく

海べりの石段八百《やお》の昇り降り
洞窟のなかに主《ぬし》はいませり

宮崎県日南海岸の鵜戸《うど》神宮

すなどりの海幸彦《うみさちひこ》の伝説を
いかにも秘めし地とぞ言ふらむ

荒磯にくだける波のしぶき受け
社殿の丹柱《にばしら》しとど濡《そぼ》てり

なにゆえに岩室《いわむろ》に立てるこの社《やしろ》
いかな事績《いさおし》とどめたるや

古書《ふみ》によればこの祭神の御子《みこ》こそが
肇国《はつくに》のすめらぎ神武天皇とされ

祭神は鵜葺草葺不合尊《うがやふきあえずのみこと》で、瓊々杵尊
の孫にあたる

即位前は神倭伊波礼彦尊《かむやまといわれひこのみこと》という

ほど近い日向大宮《おおみや》たまがきの
　宮崎神宮に坐《ま》す伊波礼彦

この地より大和めざして船出せる
　神武東征《じんむとうせい》の伝承ひとつら

国ひらくあまたの神話かくこそに
　想かきたてる九州の地は

神話とは事実にあらず説話なりと
　実証史学はこれ取りあわず

さもあれど虚構《うそ》にはあらね民族の
記憶を深く刻むものなれ

*

春の陽にのどけく沈む家並みの
麓川《ふもとがわ》ばた生け垣あおめる

鹿児島県知覧《ちらん》町

この町は薩摩島津藩の外城《とじょう》にて
由緒ただしき武家屋敷ならぶ

犬槇《いぬまき》の植え込みを背に母ケ岳《ははがたけ》
みごとな借景の眺望《パノラマ》なせる

ありふれた地方小都市と思いきや
すこぶる奇《く》しき歴史ひめてけり

大戦のさなかこの町に特攻の
基地設けられしことあればなり

昭和十七年の陸軍基地開設

悠久の大義に殉ぜよの名のもとに
若者こきだく特攻で死す

未来ある十九《じゅうく》二十《はたち》の若者が
志願するとは片腹いたし

無理じいの生きて帰らぬ片道行《かたみちこう》
なまじ志願の兵卒あわれ

訪《おと》なひて戦争遺品にまなじりを
胸こみあげる悲しみと怒り

この国でもっとも惨《さん》を極めたる
追善供養の場とぞ思えり

あまりにも鎮魂壁画は悲壮なり
わが魂はいたく揺さぶられ

高木俊朗の著作『特攻基地知覧』

「空征かば　雲染む屍《しかばね》を　我は今
敵艦めがけて　ひた進みゆく」
(十九歳の陸軍少尉の辞世歌)

燃えさかる機体より烈士の魂魄《こんぱく》を
六人の天女《てんにょ》救い出さんとす

世が世ならわれにも同じ運命が
思いあふれて涙せきあえず

巡り合わせよろしからずと嘆いたか
水底《みなそこ》に眠る勇者のくやしき

基地ありし観音堂の上《え》に雲ひとつ
シラス台地に吹く風やさし

陶板壁画「知覧鎮魂の賦」

戦没の御霊《みたま》と同じ一千余基
悲しみあらた石灯籠の列

わが家から徒歩ほどなくの町辻に
やや趣きの異なれる寺あり

折りにふれ山門くぐる本堂の
脇に建てるは特攻勇士碑

さもあらん知覧の仏を分祀《ぶんし》せる
ここ東京の額《ぬか》づきの塚

世田谷山観音寺（通称・世田谷観音）

こんりんざい繰り返してならぬ悲劇とて
三拝九拝《さんぱい》心に誓えり

さはあれど現下の世界に多発する
自爆テロの悲劇いかがせんや

今日もまた数十の命消えしとふ
おぞましき報知に耳したがわず

わが国の特攻散華《さんげ》を範とする
悪しき遺産こそ由々しきことなれ

〔歌姫讃〕

音楽のあつき吐息と旨酒《うまざけ》に
　身をゆだねつる至福のひととき

奇縁かも「まり」と名のつく歌い手よ
　魔力の極まり「まりや」も「まりこ」も

美《くわ》し女《め》のささやくような唱法に
　「夢は夜ひらく」都会の妖艶《エロティシズム》

東横線《とうよこせん》となり合わせのかの人と
袖ふりあうも他生《たしょう》の縁とや

東京の私鉄東急東横線

こくのある男声も時に手弱女《たおやめ》の
甘美なひびきにお手上げの態《てい》

海鳴りと夜行列車のレール音
演歌の常套句《クリーシェ》ときに染み入る

旧国鉄の東北本線

八十年代せっせと励みし複製の
音楽テープは役立たずとなり

九十年代これまた徒《あだ》しミニディスク
草臥《くたび》れもうけの蒐集となりて

新技術ありがたくともそのたびに
無用の長物生ぜしめたり

*

水無月《みなづき》にさと花ひらく薔薇《ばら》のごと
A（英）気あふれる佳人の歌声

ときめきとざわめきに満つ物語《ストーリー》を
きB（び）きびとした旋律にのせて

以下アルファベットのAからZまで詠い込む

声よくて楽曲よくて容姿《なり》よくて
　ひさC（しい）昔より僕の宝物《アイドル》

音楽の愉悦もとめて行きつけの
　シーDショップの棚に目走らす

E（言い）置くは聖母《マリヤ》の歌と思ひなせ
MARIYAという名の歌手にありせば

「見覚えのある　レインコート　黄昏《たそがれ》の駅で……」
　Fエム放送でよく聴いたっけ

この人を措《お》いて「うまさ」は語れまい
　のびやかに歌う人生への賛G（辞）

いかにして作るのかしらん妙なる音《ね》
　旋法それぞれH（英知）あつめて

けだしくも朝な夕なの体験《ふるまい》が
　I（哀）歌の創作動機かもあらめ

朝もやのJアール線の小駅屋《こうまや》で
　ふと愛聴の歌こころをよぎる

心せよ暗いばかりが能じゃない
　Ｋ（軽）快な歌にそよ風も吹かむ

世渡りを前向きにみるその歌詞に
　世の人いかほど癒《いや》しをＬ（得る）や

明と暗その按配《あんばい》こそ妙味なれ
　七三ぐらいがＭ（笑《え》む）得らるべし

ありがとう　ありがとう君　さまよいの
　われ導いてうまし楽Ｎ（園）へ

恍惚《こうこつ》にまたひたらんと新盤が
　出るたび購《あがな》うO（おお）我にある

P（ピー）ナツを頬張《ほおば》りながら冬の夜に
　ひそかに聴きし女の恋歌

ひところは胸あつくせし君が歌
　Q（急）にまろびて耳になじまず

晴れわたる楽句はさらと流れども
　にわか曇りぬR（ある）とまどいに

惜しむらく定型創作《マニエリスム》のほの見えて
あの冴えわたるS（エス）プリはどこへ

乱作がえてして月並みに堕《だ》すとせば
心うるほすT（啼《てい》）鳥《ちょう》の歌こそ

よみがえれ才媛《さいえん》の才よわれにまた
U（優）美なる歌を聴かせあらなむ

時じくに「黙って行《ぎょう》ぜよ」剣道の
V（武）人の友の言ひしごとくに

野郎《やろう》どもいかほど習《なら》いはげむとも
　W（駄馬竜）の声では女郎《めろう》にかなわじ

うま酒に喉もと小刻みふれるよに
　X（エクス）タシーを歌い尽くせば

Y（ワイ）ナリーを流れる洒落《しゃれ》た音群れに
　過ぎし日の気色《けしき》たち出でにけり

洋と和のそれぞれの良さこきまぜて
　練り上げし歌筆《ひっ》Z（舌《ぜっ》）に尽くせず

〔河津桜〕

春まだき桜《はな》咲きの知らせとどく朝
浮きたつ心え抑えかねつ

三月の朝かげの風さむけれど
伊豆の河辺にりりしく咲けりと

思へらく西行《さいぎょう》のＤＮＡわが身にも
桜だよりに心さわげば

庭先のうるさき猫など失《う》せてまえ
とまれかくまれ春は花なり

腰痛が癒《い》えてすたすた歩くわれ
膝やむ君と花見の旅ゆく

なつかしき抒情歌ながるる海の駅
甘き調べに聞き耳たてり

海山になんと飛鳥《ひちょう》の多けるや
浜辺にちどり木立《こだち》にひよどり

「みかんの花が咲いている　思い出での道
丘の道……」（加藤省吾・作詩）

沖はるかかすむ島影ふりさけて
　河津桜《かわづざくら》の並木あゆめり

伝えきく緋《ひ》寒桜《かんざくら》プラス大島桜
　イコール河津桜なりと

土筆《つくし》おふ堤のみちは桜《はな》づくし
　緋色まじりに目白《めじろ》が群れて

中《なか》つ枝《え》にもえぎの鳥の七つ八つ
　蜜をもとめておお目白押し

喉かわき頃合いもよし花見酒
つらつら思えど店閉じてけり

豊島《としま》区で禄《ろく》はむ妻に指さして
あれが利島《としま》と告げるわれかな

日のかげる今井の浜のとがり波
たけし若もの波乗り《サーフィン》に興ず

波乗りは楽しかれども時として
水難の報あり気をつけたまえ

プチホテル（petit hotel）連音《リエゾン》すればプチトテル
　和式看板みて坂道のぼる

岩風呂に五右衛門《ごえもん》風呂に檜《ひのき》風呂
　旅の楽しみふやけるほどに

海べりに別荘をたて湯浴みする
　ああ若き日にみた夢のひとかけ

夜のうみ旅荘《やど》の窓より眺むれば
　ちらちら揺れる島のともしび

朝の陽《ひ》がところまだらに光る道
あっ動いてる黒き生きもの

太き尾でちょろちょろ動くその姿
朝餉《あさげ》じたくの栗鼠《りす》にやあらむ

ひとさまが起きだす前に餌さがし
御食《みけ》にいそしむ櫟《くぬぎ》の上で

*

沖つかぜ下田《しもだ》の町は心《うら》なごむ
船津《ふなつ》そだちの我にしあれば

吹きすさぶ疾風《はやて》に抗しとばんとす
鴎《かもめ》のすがた静止画のごとし

遊覧船くろき海面《うみづら》さきゆけば
岬の荒磯《ありそ》に釣り人のあり

荒海にひがな一日糸たれて
釣れるは大魚それとも雑魚《ざこ》か

波しぶく巌《いわお》にたたずむ釣り人よ
いかな釣果《ちょうか》にたたわし帰るや

もしかして汝らが釣らんとするは
海魚《ホウボウ》にあらず希望《キボウ》かもしれぬ

魚市場ゆたかな海の幸ならぶ
さわ売り買いの声にぎにぎし

金目鯛《きんめだい》煮ても焼いても刺し身でも
などてその味うまからざらんや

金目鯛たらふく食《く》らい勘定《おあいそ》を
「おれが」「わたしが」と言いあう男女

いかようの縁《えにし》がありての夫婦《めおと》かな
キミとボクとは偕老同穴

はてカイロウドウケツとは何の謂《いい》ぞ
回廊凍結ではあるまいな

湾内にかもめ舞い飛ぶ黒船の
ペリーの昔もかくあらんかな

遠い日の開国の記憶とどめるか
米国様式《メリケンスタイル》ここにもそこにも

幕末の一八五四年四月、ペリー艦隊の下田入港

日米和親条約による開港

波止場への階段《きざはし》わきのスナックで
　すする珈琲《コーヒー》しかとアメリカン

装飾は五十年代のポップ調
　南部風《デキシー》もあれば北部風《ヤンキー》もあり

キャデラック・クライスラーの看板《いた》のもと
　ジャック＝ダニエルでも舐《な》めってみるか

水槽をゆうゆう泳ぐ瘤鯛《こぶだい》の
　顔はふるさとの叔父さんにみえ

西嶺の巻

〔高野山〕

日ざかりに大阪駅に降り立てば
浪速《なにわ》の風情しるけく漂ふ

この町はいにしえよりの商都にて
大廈高楼《たいかこうろう》はなはだ富めり

駅まえに曾根崎《そねざき》のプレートあるをみて
思い出さるる人形浄瑠璃

近松門左衛門「曾根崎心中」

この世では添いとげられぬ悲恋とて
　お初と徳兵衛の道行《みちゆ》きあわれ

心中はまことの出来事であるぞかし
　お初天神この地にあれば

かささぎの橋を渡せる天の川
　ふたつの星は永遠《とわ》にかがやく

押すな押すな道頓堀《どうとんぼり》のえびす橋
　けばだつ商魂もうかりまっか

「此の世の名残《なごり》　夜も名残　死にに行く身を
譬《たと》えれば　あだしが原の　道の霜
一足づつに　消えてゆく　夢の夢こそ
あはれなれ」
（「曾根崎心中」より）

天の川伝説「牽牛と織女」

ひと粒で三百米《メートル》の力が得らるとふ
グリコの看板ほほえましくて

食いだおれ太郎に誘われ蛸焼きを
食《お》せばみなぎる関西パワー

難波《なんば》駅いざ発たんかな玉山《たまやま》を
めざして乗り込む南海電車

家並みは行けども尽きぬ広野《はら》なれど
いつしか深山《みやま》の峡谷に入りぬ

九度山《くどやま》のけわしき道をかけ上がる
電車の軌《きし》みうめくがごとく

真田幸村ゆかりの地・九度山

極楽橋《ごくらく》いかが鳴きけむほととぎす
おのがむきむき奇すしく聞こゆ

南海電鉄高野線の終点

山の端《は》に建てる小造り女人堂《にょにんどう》を
過ぐればもはや結界のなか

空海《くうかい》がこの峻嶺《しゅんれい》に密教の
寺院たてるは平安の世なり

弘仁七年（八一六年）

南無大師遍照金剛《へんじょうこんごう》の声明が
山上にひびく春の午後かな

声明《しょうみょう》は光と智恵を授けたる
師の導きに謝するの意なり

粛《しゅく》とした金剛峯寺《こんごうぶじ》の別殿で
ありがたきかな法話聞きそむ

そもやそも高野詣でを案ずるは
さる稗史《はいし》よみしことあればなり

空海（弘法大師《こうぼうたいし》）

司馬遼太郎『空海の風景』

山顚《さんてん》の数里にわたる大伽藍《だいがらん》
あまねく霊気に心け清《きよ》し

大師さまの御霊《みたま》のねむる奥之院《おくのいん》へ
杉林の参道しずしず歩めり

ゆくりなく参道わきに苔むして
名だたる武将の墓碑の多ける

信玄も謙信も三成も利家も
いずれも猛《たけ》き戦国大名

ややこれは驚き禁じえぬ仇敵《きゅうてき》の
信長と光秀の墓所あい対するは

日本史の教科書の記述ありありと
思い浮かべる奥之院にて

すべからく弘法大師の偉業《みわざ》かな
大日如来の生き写しむべなる

弘法も筆のあやまりそれほどに
諸芸に通じた多才の人よ

若き日の空海の著作ひもとけば
その明晰にすこぶる駭《がい》たり
宿坊はただの旅荘にあらずして
食事も風呂も質素のきわみ
起床して朝の勤行《ごんぎょう》に驚きぬ
堂宇でぼうぼう護摩木《ごまき》を焚ける
あの峰を越えれば熊野《くまの》はるかなる
那智の白滝もいちど見らばや

『三教指帰《さんごうしいき》』（二十四歳時の執筆）

〔書物周辺〕

稀覯本《きこうぼん》の複写きょうこそ取らんとて
ひさびさ訪《おとな》う国会図書館

千代田区永田町の国立国会図書館

新たなる利用手順にとまどうは
貸出しすべて電脳《パソコン》によるゆえ

これも世の移り変わりと言うべしや
昔は手書きで済ませしものを

複写おえほっと安堵《あんど》の息つくも
　ふいに増すぞえ老眼の愁い

訳出のページひとつまた思案顔
　牛歩のごとく歩めば歩め

繰《く》るごとに黒ずみを増す辞書なれば
　その手垢こそ習得《ならい》のあかし

われすでに前期高齢者となりてむも
　ルビコン河を雄々しく渡れり

物になるかならぬかそれはわからぬ
　ただ突き進む末尾めざして

たしなみて仏語原書を読みゆけば
　いつしかノンブル二百を超えぬ

戦時下にヒューマニズムは可能なりや
　欧州の苦悩ときあかす書を

おれの目がおれの体がへたばるか
　それともこいつが軍門に下るか

訳了の日にはその手で祝杯を
あげよ発泡酒《シャンパン》はたまた蒸留酒《コニャック》

＊

床屋ぎらいの村上春樹を読みおえて
むら気をおさえ床屋に向かう

いく久し出版不況の世にありて
二百万部も売れる春樹さん

うらやましとは言うまいぞ出版の
海すいすいと泳ぐを見ても

ばか売れの人気はどこか虚仮《こけ》めいて
　人寄せパンダの現象《ブーム》かも似たり

編集者のあまりに強き太鼓判
　「歌集は売れません」と言ひし太鼓腹

本だすも売れもせぬ反響も来ぬ
　シジフォスの労苦にげんなりの態《てい》

ぼんやりと昔風音楽《オールディーズ》を聴きながら
　まどろみ沈む懐旧のふちで

永遠の苦業を命じられた人物（ギリシア神話）

歌を詠む効用いづくに存せるや
自問をしつつ今日も歌詠む

三十一文字《みそひと》に心の澱《おり》を吐きだせば
くすぼる憂いはようよう失せて

もう嘆くのはよせ土台この星に
至福の地《エリュシオン》などなからむと知れ

歌があるではないかさあ歌えすずろ
歌い尽くしてしずかに眠れ

歌詠むも旅装《たびぎ》まとうも自由《まま》なれば
　縛《いまし》めなきこそ至福にあらめ

＊

命の火ほそくはあれど獄窓で
　歌詠む人あり胸に染みなむ

詠み人《ひと》はかの暴戻の咎《とが》をうけ
　贖罪《しょくざい》の日々を過ごせる身なり

みずからが犯せし罪の大きさに
　身をすくめるも幾夜ありしや

「獄窓より　ルーバーのすき間を　往き来せる
夜の電車を　ただただ見てをり」
(坂口弘「暗黒世紀」より)

一九七二年の連合赤軍事件

革命が希望でありし時代《よ》にありて
　夢は叶わじ前衛としての

叶わぬ夢を見つづけて荊棘《けいきょく》の
　道あゆむ愚直たれか笑わざる

おもんみるわれらが世代の十字架を
　担いてあゆむ時代の申《もう》し子《ご》と

十七名の同志あやめしその人が
　今や小さな虫だに尊《たっと》べり

「今われが　切りたる爪を　黒蟻が
　運びゆくなり　獄のグラウンド」（前掲）

檻《おり》にあり浮世の埃が見えぬゆえ
なおさら見ゆるか些少《さしょう》のことども

法による裁き受くるは宜《むべ》なるも
心の裁きいかで受くるや

見よこの人を短歌によりて覚醒を
短歌によりて再生するを

ふとよぎる怪しげな想念《おもい》にたじろぎぬ
囚《とら》われの身はわれも同じかと

＊

めづらかな洋書もとめし書肆《しょし》はなく
宮益坂《みやますざか》に愁雨そぼふる

渋谷駅前通り

何もかも商業主義の荒波に
まかれて書肆は店とじてけり

往時には米つき水車《すいしゃ》ありと聞く
「春の小川」は今しビル街

童謡「春の小川」に歌われた渋谷川

昔はさ狭くて暗くて隠れ家《かくが》の
雰囲気とどめた谷底の町さ

芝居小屋・将棋道場・ジャズ喫茶
ひとつまたひとつ隠れ家きえゆく

もうもうと白煙たてる居酒屋で
焼鳥くらいぬ女人《ひと》つつがなしや

酎ハイをもつ細指《ほそゆび》も身にまとう
白ブラウスも目にまぶしくて

絵が好きで音楽が好きで書が好きで
時に浮かれ女《め》ふうに語りき

夫《ふ》ありても心に寄せるさざ波を
くい止めがたき君にありせば

時ならぬ謎めきの電話にうろたえて
あらぬ返事に黙《もだ》すわれかな

慕わしくも直説法じゃあるまいに
ここの話法《モード》は接続法なるべし

頼めども空証文《からしょうもん》となりかねぬ
男女の仲はかくも難《かた》しく

〔短歌考〕

ふ[1]くよかな地[2]酒に酔えばわ[3]が輩は
楽[4]土さながら幸[5]せのまじろぎ

①折句《おりく》「ふじわらし」
（出典表記のないものはすべて新作）

蝉しぐれ絶えなく聴こゆ学園の
やえむぐら過ぐ黒翅《くろばね》の蝶

同「せたがやく」

やわらかなましろの光にぼんやりと
うかぶ木立ちは信濃《しなの》が原の

同「やまぼうし」

南方《みなかた》ゆ八重の潮路をこえきたる
憧憬《どうけい》さそうりりしき鳥よ

同「みやこどり」

わが羽織《はお》るゆかたの裾のながながし
歌の道をばいかに歩まん

②序詞《じょし》「ながながし」と「道」

来ぬ君を駅でひたすらまつ原の
チンチン電車にせまる夕影

「まつ」と「電車」

右に行くそれとも左コロシアム（殺し矢が）
どこに行くやらローマの休日（老婆の弓術）

③掛詞《かけことば》

海《うみ》（膿）にみつ排他《はいた》（歯痛）のみぎりいかなるや
　史跡《しせき》（歯石）にてらし治領《ちりょう》（治療）せしむる

そのかみに嫉《そね》みを歌うその歌手は
　園生《そのう》にありし園まりの名で

④押韻《おういん》
（頭韻「そ」）

ひさびさに梅雨《つゆ》の晴れ間にともどもに
　旅をしまさに妻《め》の言ふごとに

（脚韻「に」）

かくなれば不撓不屈《ネバーギブアップ》のねばり腰
　暁みるまでやり通さねば

⑤同音語

古典音楽《クラシック》ながれる医院《クリニック》の長椅子で
暗いうめき《クライ》に耐えるわれかな

（拙著『季節はめぐる風車』より
以下『季節』と略記）

⑥沓冠《くつかむり》の歌（文頭と文末の語をつなげて読む）

下付《かふ》されし年金少なく長き夜に
苦しみのきわみ照る月に涙す
〔[1]かふされし[10]　[2]ねんきんすくなく[9]　[3]ながきよに[8]
[4]くるしみのきわみ[7]　[5]てるつきになみだす[6]〕

「金なくて住みにくし」の意

咎《とが》を知れ移り気あなたが昨夜《さぞ》のうそ
よろぼひ泣けたうら寒きあけぼの
〔[1]とがをしれ[10]　[2]うつりぎあなたが[9]　[3]きぞのうそ[8]
[4]よろぼひなけた[7]　[5]うらさむきあけぼの[6]〕

「東京のたそがれ」の意

⑦回文《かいぶん》（上下いずれからでも同じ読みとなる）

霧あさく裏庭《うらわ》の松の根のもとに
　共《とも》の寝の妻の笑う草ありき
〔きりあさく　うらわのまつの　ねのもとに
　とものねのつまの　わらうくさありき〕

北山の麓《ろく》や南の区々《まちまち》の
　ちまちまの美波《みなみ》や畔《くろ》の摩耶滝《まやたき》
〔きたやまの　ろくやみなみの　まちまちの
　ちまちまのみなみや　くろのまやたき〕

⑧隠れ文字
（川端康成「伊豆の踊子」）

伊豆急の「踊り子号」で河津きて
　川ばたで憩えば心安《やす》なり

修学に一心不乱《ふらん》つと励め
　可不可《かふか》な取りそ変心なかるべし
（フランツ・カフカ「変身」）

こんこんこん姫神《ひめかみ》の森にこだまする
　石川のほとり啄木鳥《きつつき》の音
（石川啄木「姫神」の歌）
（拙著『道すがらの風景』より
以下『風景』と略記）

今日コンパ明日はダンパと時はすぎ
　はや卯の花の季節となりぬ
⑨対句《ついく》
（『風景』より）

草むしろ地には這《は》うもの梢には
　行き交うものあり春風やさし
（『季節』より）

駱駝《らくだ》の背ゆるやかに丸みて郎女《いらつめ》の
　あまき汁いづ双《ふた》つ峰《ね》のごとし

⑩明喩
（双つ峰＝命はぐくむ乳房）

十重《とえ》二十重《はたえ》議事堂かこむ反戦の
　デモの人波ヨハネ黙示録《もくしろく》

⑪暗喩
（ヨハネ黙示録＝新世の到来）

二つ文字牛の角文字《つのもじ》すぐな文字
　ならび文字とぞ汝《なれ》はいずこへ

⑫字喩
（『徒然草』より改作）

〔二つ文字──→「こ」　／牛の角文字──→「ひ」
すぐな文字──→「し」／ならび文字──→「い」〕
（歌意は「恋しいきみはどこに行ってしまったのか」）

松という字をたわむれに解《と》きさけば
きみ（公）とぼく（木）とは差し向かいなり

（古典例の改作）

⑬語呂合わせ

（鳥の名前）

詐《さ》欺《ぎ》かもと声からすともはと駆《か》けず
口つぐみつる仕儀《しぎ》となりけり
〔鷺鴨《さぎかも》と　こえ鴉《からす》とも　鳩懸巣《はとかけす》
くち鶫鶴《つぐみつる》　鴫《しぎ》となり梟《けり》〕

556なき92は459と人の言う
23を読みても630となりて
〔こころなき　国《くに》は地獄《じごく》と　人の言う
文《ふみ》を読みても　無産《むさん》となりて〕

（数字の代置）

明治より常置《じょうち》せらるる灯台の
燈光《とうこう》大なり一つ端から
〔明治より　上智せらるる　東大の
東工大なり　一ツ橋から〕

（大学の名称）
（『季節』より）

⑭暗号化
（右から左へと横に読む）
（『風景』より）

1 てひせりや
2 らたをてすわせ
3 さいふかめ
4 れのきらるいせ
5 しあとだいのらぎ

〔照らされし　額《ひたい》の汗を　拭きとりて
体やすめる　磐井《いわい》のせせらぎ〕

にぢりきに　おかべにひかり　へるたたぐ
　わかくさもえる　ひれひくぬこる
〔なだらかな　丘辺にひかり　ふりそそぎ
　若草もえる　春は来にけり〕（『季節』より）

（一・三・五句について五十音表中のひらがなをそれぞれ一字さげて読む）
（『季節』より）

⑮伏字《ふせじ》

しれじれと○○（戦争）法案にくみしたる
　○○（獄友）かつて○○（左翼）の人なり

○○（ＩＱ）の高さをてらう○○○（鉄面皮）
　そんなもの○（猫）に食われてしまえ

⑯外国字の使用

芭蕉の句英訳でよむ今われは
　国学と洋学のふちに立てるか
　〔閑《しずか》さや　岩にしみ入《い》る　蝉《せみ》の声〕（松尾芭蕉）
　　How still it is here---
　Stinging into the stones,
The locust's trill.（ドナルド・キーン訳）

（自作歌の英訳の試み）

ここかしこ川面《かわも》に散らふ花びらの
　渦輪となりて春はすぎゆく
　〔Here and there,
Cherry blossoms are falling down
　To shape a spiral.
Oh, splendid water view
In a clear spring day.〕

（『季節』より）

Bluesky カゼフキ clouds ワキアガル
　Tour ノユクエハ　dream ミルガママ
〔青天に　南風《はえ》ふき雲は　わきあがり
　旅のゆくえは　夢のままにまに〕

（カタカナと英字の併用）
（『風景』より）

移ろいを嘆きはすまじ明け暮れに
　心のうちに故郷はあり
　　〔Ne déplorer pas
　　Le changement de ma ville natale
　　Sur tous les points----
　　Elle restera inchangée
　　Au fond du coeur.〕

（自作歌の仏訳の試み）
（『季節』より）

道すがら崩れし巌《いわお》のほの見えて
　浄土ケ浜に寄する白波
　　〔Auf dem Weg zum Strand
　　Es sind die zerfallenden Felsen sichtbar
　　Für einen Augenblick---
　　Und noch die kommenden weissen Wellen
　　Aus der Ferne zu Jodogahama Küste.〕

(自作歌の独訳の試み)
（『風景』より）

ふる雪に、　　ジャズ歌手の、
　遠い記憶が、　　甘くささやく、
　　よみがえる。　　歌声は、
　　　君と歩いた、　　君は似たりき、
　　　　風巻《しまき》の道を。　　その色つやが。

⑰配列換え
（一字おとし句読点付き）
（『風景』より）

ひよどりよ
おおひよどりよ
桜木の
蜜どんよくに
吸うも慕《した》わしき

むくどりは
いい加減にしいや
ベランダを
ピラカンサの残滓《かす》
糞《ふん》だらけにして

ごみしまに
群れるは興《きょう》ざめ
みやこどり
その名も姿も
優雅《あて》にはあれど

あまがける
鳥のごとくに
自在たれ
還暦すぎて
つくづく思ふ

（四首を菱形に配列）

⑱話し言葉
（岩手方言による短歌）
（『風景』より）

まんずはあ　わすれだども　はなしすっぺ
　てらてらおどごと　でっぺりおなご
〔おぼろげな　記憶たどりて　私語《ささめ》する
　禿頭《とくとう》の彼と　肉厚《ししあつ》の彼女〕

おばんです　よくおでったごど　ありゃんすか
　へぇりやしたよ　でばくだせんせ
〔今晩は　いらっしゃいませ　ありますか
　入りましたよ　それくださいな〕

⑲破調《はちょう》
（定型から外れた表現）

上《かみ》の句を十七音《おん》とせず下の句を
　十四音とせずこれ破調といふなり

東天の巻

〔東京八景〕

うす紅《べに》の花しがらみの蛇崩《じゃくずれ》の
暗渠の道ゆく陽のさす方へ

世田谷区の遊歩道

川べりのすずしろの傍《はた》すずろ飛ぶ
紋白蝶《もんしろちょう》の姿かなしも

「すずしろ」は大根の異名

わた雲もわが憂し心も朱に染めて
山の端《は》に落ちゆく多摩川の夕日

わだかまりひと抱えして橋の上
元気だせよと瀬音《せおと》さざめく

代沢《だいざわ》のコンサート果て教会の
庭に流れるなごやかな時間

茶も菓子も無料のふるまいありがたく
そに聖公会の慈善心《カリタス》みたり

同胞《はらから》を分けへだてなく愛すべし
紅茶すすりてしかと悟りぬ

東京聖三一《さんいち》教会にて

階上の礼拝堂の色美《は》しき
ステンドグラスに春の日そそぐ

*

武蔵野の面影のこす代々木《よよぎ》なる
広野こそわが逍遥《しょうよう》の地なれ

渋谷区の代々木公園

散りはてて寂しくもある晩春《おそはる》に
桜とまごう花水木《はなみずき》かな

御園《みその》には四季おりおりの快楽《けらく》あり
南風《はえ》ふく夏も錦繍《きんしゅう》の秋も

うだる夏しばし緑陰に身をおいて
浴びるがごとく蝉しぐれ聞く

秋くればキャラメル似の香ふりまかむ
丸葉うつくし桂《かつら》の巨木

山法師《やまぼうし》の朽葉ひとひら手にとりて
都会の杜《もり》の秋を楽しむ

葉の落ちた疎林の風は寒けれど
ほのかに火照《ほて》り殉死者の碑みて

昭和二十年八月、憂国の志十四名、
この代々木練兵場にて割腹自決す

今でこそ平和の風景みつるとも
戦争の記憶ふかく秘めてけり

二・二六事件の慰霊碑

*

夕まぐれスタジアムに向かう諸人《もろびと》の
足どり軽し球春のおとづれ

文京区の東京ドーム

開錠のゲートを過ぐる人群《む》れに
いまだ野球人気おとろえずを知る

憲法下「隊」はあれども「軍」なけれ
されどこの地に巨人軍ありて

白球が地を這《は》い宙を舞うたびに
　五万のどよめき天幕ゆるぐ

場内にはじける歓声なる拍手
　集団熱狂《ファナティシズム》にひたる心地よさ

おきふしの不安も不満も吹きとばす
　スポーツの効用そこに見たり

放たれし小さき球の行く末に
　群衆のまなざし一点に注げり

この熱気よしやよからぬ方角に
　向かえば人の世《よ》危うかるべし

＊

ジャスミンの花咲きこぼるる碑文谷《ひもんや》の
　池辺でなごむ薫風のなか

目黒区の碑文谷池

孫ふたりボートに乗せて櫓《ろ》をこげば
　行く手さえぎるつがいの鴛鴦《おしどり》

浮き橋にしどけなく伏す亀どもに
　かわいい挨拶「こんにちは亀さん」

声かけに「亀さん来た来た」とはしゃぐ孫
その音たまゆらドイツ語に聞こゆ

KAME kamen hier

黄金週間《ゴールデンウィーク》は動物たちも大忙し
かき入れ時ぞ小馬《ポニー》も兎《バニー》も

ここにても外国人の多けるや
水面《みなも》をわたる中国語の抑揚《くせ》

遊びはて歩幅ちいさき女孫《わらわ》いふ
タクシーひろって早く帰ろうよ

鼻たらし擦り傷たえぬわが男孫《ひこ》よ
　二十余年《ふそまり》の後いかな青年《おとな》に

這《は》い回る「虫はこわい」と言いながら
　標本みせてとせがむもおかし

たまぎりぬ俳句をひねる初孫の
　欲目ばかりとは言い切れぬ才に

秘められたこの子の文才いかならむ
　将来の夢を小説家と言ふ

「春風に　ゆらゆら揺れる
　桜かな」（ひなか十一歳）

四たびの端午《たんご》の節句おえし稚児
ボクは今日からオレになるとか

*

東京近郊の景勝地

高尾山かまえて高くはあらねども
幽なる深山《みやま》の趣きそなふ

清滝《きよたき》の山麓駅にきてみれば
ほのかに漂う薬王院《やくおういん》の気

三十度の勾配のぼる鋼索鉄道《ケーブルカー》
しましの宙づり肝を冷やしぬ

山腹にむくつけき天狗すむという
　われらが行く手に出でざらましを

観察路の疎林に巣くう黒き鳥
　にわか飛び立つわれに向かいて

肝冷やすこの狼藉はなんなんだ
　鷲《わし》ならぬ儂《わし》を仇《かたき》とみたか

背のびしてなお背のびして枝先の
　甲虫みつめる幼子《おさなご》のひとみ

気をつけよ純真《うぶ》な童子《どうじ》はまだ知らず
その黒き茸《たけ》毒もてるを

*

往時には自然ゆたけし東京の
地名に残る鳥獣《とりけもの》たちよ

烏山《からすやま》・馬込・牛込・猿楽町
鷹番・狸穴《まみあな》・亀戸・鹿浜

馬牛《うまうし》はもとより猿や鷹までも
そのそばを過ぐ狸や鹿が

東京湾岸の台場公園

胸しろく嘴《くちばし》あかく尾は黒く
　秋の干潟に水鳥あそぶ

「名にし負わば　いざ言問わむ　都鳥
　わが思ふ人は　ありやなしやと」
（在原業平『伊勢物語』より）

いにしえの歌人が詠みし都鳥《みやこどり》
　旅びとの目にみやびと映りき

さばかりにその名も姿も優雅《あて》なれど
　貪《どん》にして猛《もう》キュリーッと鳴けり

やんごとなき心象《イメージ》かすむ欲ぶかさ
　ゴミ島に群れては興も醒《さ》めてむ

＊

波そよぐ品川埠頭の舫止《もやいど》め
ちょっと気どって足かけたりして

足かけて左手にもつ巻き煙草《シガレット》
ああこのポーズつと既視感あり

いかしてる活劇映画の一場景《ワンシーン》
「霧笛が俺を呼んでいる」みたいな

楽しくもあれ勧善懲悪あやしげな
日活映画にいかれていた若き日

思へらく荒唐無稽のストーリー
　なぜにあれほど夢中になりしか

おいそれの時代が興奮《エクサイト》を求《と》めてけり
　大衆が満足《カタルシス》を求めてけり

貨物船の太綱つなぐ舫《もやい》止《ど》め
　その赤さびに過ぎし日を思ふ

ああ少年の日の思い出よ沖ゆく
　船に異邦《エトランジェ》への憧れつのらせて

憧れは土俗のしがらみ解きはなつ
未知なるものへの好奇心なるべし

地図ひろげ海原の経路《みち》なぞりては
蠱惑の地への思いをはせり

波路はるけき甲板に舞い降りる
海鳥《アルバトロス》みるもさぞ楽しかろ

嵐きて天地さかしま風波《かざなみ》に
頬うたれるはさぞや辛かろ

夜もふけて英国帆船《カティサーク》をながめつつ
　喉をうるおす飴色の古酒《カティサーク》

＊

梅雨あけて祭ばやしがビル街に
　とどろきわたる上野夏まつり

鳴く蝉の声みつ森の昼さがり
　西郷さんは今日も犬つれ

太っ腹はおる浴衣《ゆかた》はしどけなく
　ぎょろ目の姿に大人《たいじん》の風あり

上野公園の西郷隆盛像

江戸城の無血開城

東京が今の姿をとどむるは
おん身の取《と》り成《な》しなくば叶わじ

汗ぬぐい不忍池《しのばずのいけ》の辺にたてば
背たかき蓮《はちす》こえくる涼風

腹ごしらえ黒門《くろもん》町の料理屋で
食らう焼魚《やきうお》ふるさとの味

界隈にみちのくの匂い漂いて
心すこぶる安らけくあり

今とても鄙《ひな》の香ただよう此処《こ》に立てば
　ふるさとの記憶ふつふつと湧けり

去ぬる日に啄木が詠みし上野駅
　今も心根さほど変わらじ

納涼の演歌まつりに聴きほれる
　枝に止まれるこまどりの姉妹

昨冬のヘンデルのメサイア良かりしも
　ど演歌の似あう上野の町よ

「ふるさとの　訛なつかし　停車場の
人ごみの中に　そを聴きにゆく」
（石川啄木）

〔再生譚〕

うっとりと落陽に見入る坂の道
　あへなき来し方しみじみ思ふ

わが道に浮沈の因果《いんが》めぐるとも
　「浮」に比し「沈」のなお余りある

あのときの好機《チャンス》なにゆえ逃したる
　持丸長者の道ひらけたろうに

今ごろは湘南の別荘に外車《くるま》二台
ヨットで駆ける相模湾てな……

十五日うれしくもあれ侘《わび》しくも
年金支給の額の乏《とも》しき

酒を断ち煙草やめるかわが生計《たっき》
どうするべえかその立て直し

とどのつまり身から出た錆と言うべしや
ただひとたびの階梯《はし》ふみはずし

行《ゆ》く方《え》より来《こ》し方《かた》に目のゆくうら悲し
わが心根を如何《いかん》ともしがたく

適性も興味もうすき実学の
学びの道はいつしか遠のき

革命近しの虚説《デマ》ありておちおち
理工学など勉強しておられようぞ

なおさらに修羅の巷《ちまた》もさながらに
人心みだるる日々においてをや

青春は恋と革命に生きてこそ
七十年安保の通奏低音

朋友《ほうゆう》の悪しき事例《ためし》に気づかずに
巻かれしわが身は乱気流のなか

若人の社会的責任うんぬんの
「社会的」ばかり目向《まむ》けし報い

押したものはやがて引かねばならぬまいに
世直しの波も退潮となりぬ

東海の寄せては返す徒波《あだなみ》と
　どこか似ている青春のたゆたい

三年《みとせ》して大学去る日を迎えれば
　われ流民《るみん》として荒野に立てり

もともとの無産が無産になったとて
　なにも変わらず天気晴朗なり

聞こえくる噂ばなしの厭《いと》わしき
　「学校やめたってよ」「へえあの頓才がね」

そのかみのわが身を船に譬《たと》えれば
闇夜に光もとめる難破船

夏の夜の燈火にむれる一匹の
蛾《が》にも似たるか醜《しけ》しき姿の

光あるここから一歩踏み出すのだ
失われた時間とり戻すべく

見通せぬ険路《けんろ》にひそむ落とし穴
転《まろ》び倒《こ》けてもそこから這い上がれ

一発をくらってダウンもらいしも
　まだラウンドは三回にすぎず

くよくよするな人生の拳闘《ボクシング》は
　余力のこして七ラウンドもあり

朝な夕な良きことあれなと務《つと》むれば
　ほのかに曙光《しょこう》さし出づるかな

十年に一度あるかなき難事《なんじ》ゆえ
　粗忽《そこつ》の汝《なんじ》ゆるがせにすな

こつこつとピラミッドのごと積み上げし
腰骨つよき我にしあれば

早熟とうぬぼれるほど柔《やわ》じゃなし
熟《う》るるに遅く朽《く》ちるに疾《と》くとも

失われたもの得たものそれぞれに
差し引きすれば等量となるかも

喜びも悲しみも笑いも躓《つまづ》きも
あるからこその人の道なれ

〔酒杯献〕

わが病膏肓《こうこう》に入るの感ありて
　掘り出し物の蒐集なおやまず

はじけとぶジャズの流れる店内で
　目を凝らしたり棚から棚へ

それにしても心地よき響きヴィブラフォン
　たれぞと掲示見るとジャクソン

鉄琴奏者ミルト・ジャクソン

頭文字Ｊの売り場《コーナー》で立ち止まる
なんと珍しき品とお目文字《めもじ》

古き良き五十年代の名盤ぞな
ジャズがジャズらしくありし頃の気韻《きいん》

欣喜《きんき》して買い求めたるＣＤを
いざ聴かんとす夜の書斎で

なんだこりゃ中身が全然違ってら
ジョーダンのはずが冗談じゃないよ

アメリカのピアノ奏者デューク・ジョーダン
「危険な関係のブルース」

ピアノ奏者セロニアス・モンク

あのときにモンクにすれば良かりしか
　弱損《じゃくそん》の冗談か文句は出まいに

＊

とつおいつ大波小波のりこえて
　六十路《むそじ》の旅もなかばを過ぎぬ

天がける鳳凰《おおとり》のごとく自在たれ
　還暦こえてつくづく思う

ひとつ寝てまだ覚めやらぬ夢のあと
　異花《ことはな》の咲く島へ行きたしと

ランタナのしげし異邦に行かばやと
思えど脚《あし》悪《あ》しそれを許さじ

時として街道数里の道行きも
足どりふららたどり着きかねつ

さばかりに東亜《とうあ》はおろか地の果ての
ホーン岬は夢のまた夢

南米大陸の南端

しばらくは洋行のぞめぬ身にあらば
本邦七道《しちどう》あゆむにしかず

ことほぎの美酒をなめつつ手枕《たまくら》し
新しき年に新しき夢を

つれづれに徒然草をひもとけば
法師の諌《いさ》めに身ひき締まりぬ

ややこれは下戸《げこ》の駄弁と思いきや
僧籍にあるも上戸《じょうご》であるらし

飲まば飲め闇雲《やみくも》はいかんほどほどに
健康たもて兼好《けんこう》のおしえ

「百薬の長とはいへど、よろづの病は酒よりこそ起これ。……善根を焼くこと火のごとくして、悪を増し、よろづの戒を破りて地獄に堕つべし」

（兼好法師『徒然草』第百七十五段より）

つくねんと万葉集をすがめして
旅人《たびと》の歌にわが意を得たり

これはよし悠揚《ゆうよう》せまらぬ歌いぶり
人生の旅はかくこそあらめ

からからの大地に水が入《い》るごとく
ひた滲《し》み入りし胃壁のざわめき

酒を讃《ほ》む歌びと多しその歌を
読めばいつしか愁いも消えて

「験《しるし》なき　ものを思はずは　一杯《ひとつき》の
濁れる酒を　飲むべくあるらし」
（大伴旅人『万葉集』巻三より）

「かかる世に　酒に酔はずして　何よけむ
あはれ空しき　恒河沙《こうがしゃ》びとよ」
（吉井勇『歌集（酒ほがひ）』より）

またひとつ干《ほ》しては満てる思い草
焼酎の宵《よい》に心よげなり

スピリッツ晴《は》れあるときは「白波」を
褻《け》にあるときは「鬼ころし」なるべし

虚も実も杯をなめつつ七道へ
歌の翼で羽ばたかんとす

小人は沈香《じんこう》も焚かず屁《へ》もひらず
ただひそやかな祝杯を欲《ほ》りす

あとがき

昨冬、刊行した第二歌集『季節はめぐる風車』を、ひごろ世話になっている方々に贈呈したところ、ある方から便箋七枚にも及ぶ長い手紙をいただいた。実にありがたい内容の文面で、それを反芻しつつ過ごすこと十日余り、然々《ささ》あり余熱も冷めかけた頃合いを見て、おもむろにペンをとって返信をしたためた。その返信のなかに、私自身の歌づくりに対する考え方というか著作をめぐる裏話めいたものが、ちらちら表れていると思われるので、その文章をここに示して、本書の「あとがき」に充てることとしたい。

＊

先日は、長いお手紙をいただきまして、ありがとうございます。そこには拙著『季節はめぐる風車』についての読後感想が詳しく書かれており、大変にありがたくかつうれしい気持ちで拝読しました。もうちょっと早く返信すべきだったでしょうが、何かと取り込んでおりまして、今ようやくペンをとっている次第です。

最初に結論ふうに言ってしまいますと、以前もそうだったように、拙著に関して最良にして最深の読み手は貴方であるという印象をもちました。今をさかのぼること八年、私が初めての著作『追想のツヴァイク』を出したとき、贈呈した幾人かの方から、あるいは贈本せずとも読者カードなどを通して、いろいろなコメントが寄せられましたが、そのなかで貴方からのコメントがもっとも本質を突いている、もっとも内容の深部にまで立ち入っていると、私には思われました。今回の『季節はめぐる風車』についても、まったく同じことが言えそうです。ちなみに、処女作のときに寄せられたコメントを以下に引用しておきます。

——力作ですね。読み応え十二分、迫力がありました。……口述筆記しているかのようなスピード感、と言うよりは、疾走している感のある筆遣いに釣られて一緒に駆け抜けました。多方面によく取材され、それを効果的に使って重層的に仕上げ、高い内容を持っている作品と存じます。

うれしいコメントでした。まさに図星というか、作者の意図をこれほど見抜いている評言には、そうめったにお目にかかれるものではありません。さすが日頃から研鑽に励んでおられる人の手になる文章であって、その炯眼には、言外に潜んでいるかもしれないひんやりした眼差しの〝怖さ〟さえ感じました。今回の歌集『季節はめぐる風車』についても、そうした炯眼ぶりは発揮されています。

——美しい装丁に、よく考え工夫された前書き・後書き短歌への深い思いが伝わり、読者の胸を打ちます。特に「千年以上もの永い伝統を有しているわけだから、短歌には短歌としての芳香みたいなものをにじませてほしいわけである……」。こうしたひとつひとつのことばに深く惹かれました。

そして具体的に八首ほどを取り上げ、それぞれにコメントを付していますが、そのいずれもが的を射ているという印象をもちました。一首挙げてみます。

「ここかしこ川面《かわも》に散らふ花びらの　渦輪となりて春はすぎゆく」

貴方はコメントとして「晩春の景を美しい言葉で表現しています」と書いていますが、正直に申し上げて、この歌集の中にある五百首のうちで、私がもっとも好きなのがこの歌です。その証拠にこの歌について、せめて一首なりとも、私自身で英訳しようと試みたくらいですから。

昨年の九月、山形県の山寺《やまでら》に出かけたとき、あえぎあえぎ登った坂道に、かの有名な松尾芭蕉の句碑がありました。例の「閑《しずか》さや　岩にしみ入る　蝉《せみ》の声」という句です。

帰京後ある本で、この句をアメリカ人の日本語学者ドナルド・キーンが英訳しているのを知りました。How still it is here, Stinging into the stones, The locust's trill. なるほど、こういうふうに訳すのだなあと、しばし感心。これにならって、私もひとつ自作を英訳してみようと思い立ったのが、先の歌というわけでした（注／詳しくは本書百二十頁参照）。これほどに思い入れのある歌だったというわけですが、それを貴方がずばり指摘してくださったのは、私としても驚きでした。

手紙のなかで「全体的に産みの苦しみよりは作歌の楽しさの方が伝わってきました」と書いていますが、そう感じられたとすれば本望です。そこに私の意図があったわけですから。しかしながら打ち明け話をすれば、かなりの「産みの苦しみ」があったことも事実です。旅行を重ねるうちに、三百首ぐらいの歌がたまったわけですが、これをどう配列していくかという難問にやがてぶつかりました。ああだこうだと思案していくなかで、そうだ春夏秋冬の四部構成にすればすっきりするかもしれないと考えついたのは、だいぶ時間がたってからのこと。歌集として形をなすには、少なくとも五百首が必要、そうなると約二百首ほど足りない、旅行していないときの日常生活のなかに素材を求めて、量を膨らませたというのが実情です。

しかも第一稿としてつくった歌は粗削りですから、ぐんぐん彫琢を加えていかなければなりません。ざっと七百首はつくったでしょうか、差し引きその二百首はゴミ箱に入ったというわけなのでした。これをもって「産みの苦しみ」といえば、そういうことになるでしょうが、やはり、よほどの天才でない限り「産みの苦しみ」などというものは伏せておくのが上策というものでしょうから、それらは表面上から消え去った形となっています。

今回を含めて、私はこれまで四冊の本を刊行・贈呈しましたが、それらに対して、いろいろな方から連絡ないしは反応をいただきました。詳しい読後感を寄せてくれる人もいれば、ウンともスンとも〝梨のつぶて〟の人もいます。後者の人は、どのような存念なのでしょうか。ひょっとすると底意地のわるい見方をしている人もいないとも限りません。「難しい言葉が多くて通読がかなわない」とか「コメントするほどのレベルに達していない」とか。いろいろな思惑が複雑に絡みついて素直に受け入れられない人もいるでしょう。そう見てくると、貴方からの〝真率で濃密な〟手紙が私にとっていかにありがたいものであったか、おわかりになるのではないでしょうか。

ときに苦しげな言葉を吐くときもありますが、そう深刻に受け取らないでください。世の中にはさまざまな物の見方というものが存在していて、それらを時にうまく取り込んだり、うまく抜け出したりしながら、市井人として生きていくしかありません。案外ざらざらしたものが、創作のエネルギー源だったりしますからね。熱誠こもるコメントを寄せていただいたことに感謝しています。これをもって私の返信といたします。

*

本書の刊行にあたっては、本造りの全般にわたって東洋出版の秋元麻希氏に大変お世話になりました。また作稿の過程を含めこれまでの日々において、私の人生の同行者にして「講師として母校に戻りしわが君よ　教壇にふく風なおなおやさし」藤原孝子氏、そして翻訳・文芸に精通している「懐中《ポケット》に英字紙なぞをねじ込んで　相好《そうごう》くずす君にあるかな」山崎満寿雄氏、現代詩に造詣のふかい「たまさかに耳かたむけし君が唄　柳ヶ瀬《やながせ》ブルース胸に迫りて」土田正文氏、および博物学的な「知」をたえまなく与えてくれた「幾百のオオムラサキの標本を　並べて語る変異の蘊蓄《うんちく》」佐々木美由紀氏をはじめとする、旧友の皆さんから陰に日に助言と支援をいただきました。各位に対しまして、ここに厚く御礼申し上げます。

「歌詠んで倦《う》みては暮るる東雲《しののめ》に　今なお輝《かが》よふ有明の月」

平成二十八年九月二十五日　　　藤原和夫

著者略歴

藤原 和夫

昭和24年（1949年）、岩手県宮古市生まれ。東京都立大学人文学部史学科卒業。出版社の編集者、高校教師（世界史）を経て、現在は著述に専念。著書『追想のツヴァイク――灼熱と遍歴（青春編）』（東洋出版、2008年）、訳書『ツヴァイク日記』（東洋出版、2012年）、『歌集／道すがらの風景』（東洋出版、2014年）。『歌集／季節はめぐる風車』（東洋出版、2015年）。

ひそやかな献杯《けんぱい》

発行日　2016年12月23日　第1刷発行

著者　藤原和夫（ふじわら・かずお）

発行者　田辺修三
発行所　東洋出版株式会社
〒112-0014　東京都文京区関口1-23-6
電話　03-5261-1004（代）　振替　00110-2-175030
http://www.toyo-shuppan.com/

担当　秋元麻希

印刷・製本　日本ハイコム株式会社（担当：西尾恵太郎）

ISBN 978-4-8096-7856-1　定価はカバーに表示してあります

ISO14001 取得工場で印刷しました